El rey de los bosques

edebé

Título original: *The King of the Woods*

Paseo de San Juan Bosco, 62
08017 Barcelona
www.edebe.com

Directora de la colección: Reina Duarte
Diseño de las cubiertas: Francesc Sala
Traducción: Anna Gasol

ISBN 84-236-6869-X
Depósito Legal: B. 45831-2003
Impreso en España
Printed in Spain
EGS - Rosario, 2 - Barcelona

El rey de los bosques

edebé

Todo empezó el día en que un pequeño Papamoscas voló hacia un claro del bosque y encontró una manzana dorada sobre un viejo tronco.

El Papamoscas se colocó junto a aquella manzana grande y apetitosa.

Iba a picotearla cuando un Cuervo se posó al otro lado de la manzana.

—Yo soy el rey de los bosques —graznó el Cuervo, mientras ahuecaba las plumas del pecho para parecer más grande y ahuyentaba al Papamoscas del tronco—. Y esta manzana es mía.

«¡Qué fanfarrón!», pensó el pequeño Papamoscas, asustado.

A los Cuervos les encanta presumir para sentirse importantes.

Aunque más le habría valido al Cuervo no ser tan presumido porque, cuando iba a comerse la manzana dorada, se le echó encima un Águila y se cayó del tronco.

Puede que el Cuervo fuera capaz de asustar a los pajarillos, pero el Águila no podía permitir que un pájaro fanfarrón quisiera ser el rey de su bosque.

—Yo soy la reina de los bosques —exclamó el Águila, majestuosa, sobre el tronco—. Y esta manzana es mía.

Pero más le habría valido al
Águila no presumir tanto porque, cuando
iba a coger la manzana dorada con sus garras,
apareció un Lobo en el claro. Al ver que el fiero
animal corría hacia ella, el Águila se fue volando.

Puede que el Águila fuera la reina de las aves, pero el Lobo no podía permitir que un ave fanfarrona quisiera ser la reina de su bosque.

—Yo soy el rey de los bosques —aulló el Lobo, de pie junto al tronco—. Y esta manzana es mía.

Pero más le habría valido al Lobo no ser tan presumido porque, cuando iba a morder la manzana dorada, apareció un Oso en el claro. Al ver que el feroz animal corría hacia él, el Lobo huyó.

Puede que el Lobo fuera el jefe de su manada, pero el Oso no podía permitir que un perro fanfarrón quisiera ser el rey de su bosque.

—Yo soy el rey de los bosques —gruñó el Oso, sentado junto al tronco—. Y esta manzana es mía.

Pero más le habría valido al Oso no ser tan presumido porque, cuando iba a coger la manzana dorada con sus garras, apareció un Alce en el claro. Antes de que el Oso se diera cuenta, el Alce lo agarró con sus enormes cuernos y lo lanzó por los aires.

Puede que el Oso asustara a otras fieras, pero el Alce no podía permitir que un animal fanfarrón quisiera ser el rey de su bosque.

—Yo soy el rey de los bosques —baló el Alce, de pie junto al tronco—. Y esta manzana es mía.

Esta vez no apareció nadie más en el claro, porque el Alce era el animal más grande y más fuerte del bosque.

El Alce estaba tan seguro de sí mismo que baló más fuerte:

—¿Alguien se atreve a desafiar al rey?

El bosque se quedó en silencio, pero cuando el Alce iba a hincar el diente en la manzana dorada, una vocecita chillona dijo:

—Yo te desafío.

Era el pequeño Papamoscas.

Los demás animales no podían creer lo que oían y veían.
Si el Alce no fuera un animal tan gruñón, se habría muerto de risa. En cambio, resopló y empezó a escarbar en el suelo.

Entonces, el Alce embistió al Papamoscas.

Y el Papamoscas embistió al Alce.

Cuando estaban a punto de chocar, el pequeño Papamoscas se metió en la nariz del Alce.

El Alce se paró en seco.

Agitó la cabeza y sacudió las orejas. Golpeó el suelo con la nariz. Frotó los cuernos contra unos arbustos. Pero no consiguió sacarse al Papamoscas de la nariz.

El Alce se enfadó mucho porque el Papamoscas le picoteaba la narizota con su puntiagudo pico.

El Alce se enfadó tanto que golpeó el tronco de un enorme árbol con todas sus fuerzas,

y se quedó sin sentido.

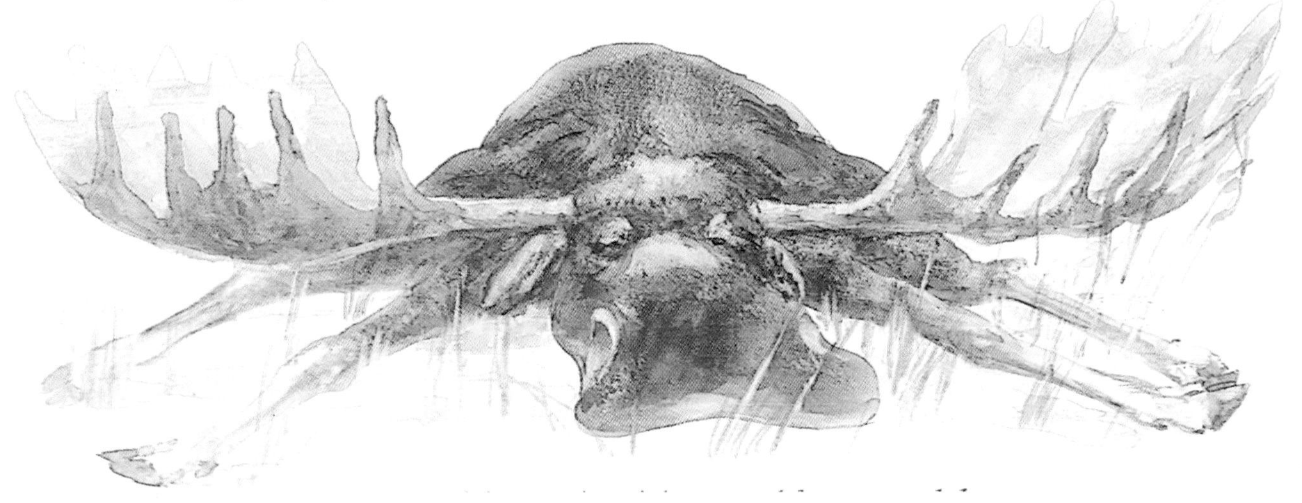

—Yo soy el rey de los bosques —gorjeó el Papamoscas con voz enérgica mientras se colocaba sobre el tronco—. Y ésta es mi manzana.

Nadie se atrevió a acercarse.

Los animales miraron en silencio cómo el poderoso rey de los bosques se subía sobre la manzana dorada y se comía su almuerzo.

Colección MIS CUENTOS FAVORITOS
tren azul

Cuentos para niños, de José Agustín Goytisolo

Emma no se quiere bañar, de Esther Larrío

Una medicina para no llorar, de David Paloma

Quiero escribir un cuento, de Mercè Arànega

Las historias de Manuela, de Marta Osorio

El mago Gago está enamorado, de Xan López Domínguez

La calle de las brujas, de Elisa Ramón

Cuéntame una historia triste, de Gemma Sales